El cumpleaños de mi hermana Dulce
My Sister Dulce's Birthday

Por / By
Erika Said

Ilustraciones de / Illustrations by
Claudia Navarro

Traducción al inglés / English translation by
Gabriela Baeza Ventura

PIÑATA BOOKS

Piñata Books
Arte Público Press
Houston, Texas

Esta edición de *El cumpleaños de mi hermana Dulce* ha sido subvencionada en parte por la Clayton Fund, Inc. Le agradecemos su apoyo.
Publication of *My Sister Dulce's Birthday* is funded in part by a grant from the Clayton Fund, Inc. We are grateful for its support.

Piñata Books agradece la colaboración de Iván Brave en la traducción al inglés.
Piñata Books is grateful to Iván Brave for his edits to the English translation.

¡Piñata Books están llenos de sorpresas!
Piñata Books are full of surprises!

Piñata Books
An Imprint of Arte Público Press
University of Houston
4902 Gulf Fwy, Bldg 19, Rm 100
Houston, Texas 77204-2004

Diseño de la portada por / Cover design by Bryan Dechter

Library of Congress Control Number: 2022935440

∞ The paper used in this publication meets the requirements of the American National Standard for Permanence of Paper for Printed Library Materials Z39.48-1984.

Printed in China by Yuto Printing
April 2022–August 2022
5 4 3 2 1

Mi hermana Dulce cumple años,
y tenemos una fiesta en casa,
con velitas en el pastel,
globos, música y piñata.

It is my sister Dulce's birthday,
and we will have a party
with candles and cake,
balloons, music and a piñata.

Cuando vamos a la tienda
para comprar la piñata
Mamá dice: —¿Cuál te gusta?
—¡Ésa que está muy alta!

When we go to the store
to buy the piñata,
Mom says: "Which one do you want?"
"That one, the one way up there!"

Mamá le dice a mi hermana:
—¿Qué dulces ponemos en la piñata?
¿Mazapanes? ¿Tamarindos?
¿Banderas de cocada?

Mamá asks my sister:
"Which candies should we put in the piñata?
Mazapanes? Tamarinds?
Little coconut flags?"

Mi hermana y yo no podemos
creer lo que ven nuestros ojos:
paletas de muchos colores,
montañas de dulces sabrosos.

My sister and I
cannot believe our eyes:
lollipops of all colors,
mountains of delicious sweets.

¡Dulce quiere ates de membrillo!
—De esos no, cariño —dice Mamá
—que al caer de la piñata
se pueden desconchinflar.

Dulce wants *membrillo* candies!
"Let's not get those, dear," says Mom.
"For when the piñata falls
they'll get all squishy-squashy."

Mamá vuelve a preguntar:
—¿Qué dulces quieres poner
que no se desconchinflan?
¿Alegrías? ¿Glorias? ¿Chocolates?
¿Palanquetas de cacahuate?

Mom asks again:
"What other candies that don't get
squishy-squashy can we buy?
Peanut lollipops? *Alegrías?*
Glorias? Chocolates?"

—¡Unas obleas crujientes
con pepitas como dientes!
—De esas no, pequeña mía,
porque al caer de la piñata
se pueden desconchinflar.

"Crunchy wafers with teeth
made out of seeds!"
"Not those, my dear,
because when the piñata falls
they'll get all squishy-squashy."

8

—¿Qué dulces quieres poner
dentro de la piñata?
¿Conos de cajeta? ¿Borrachitos?
¿Camotes con piloncillo?

"What other candies
do you want inside the piñata?
Sweet toffee cones? *Borrachitos?*
Slices of sugar-crusted sweet potato?"

Dulce tiene una buena idea:
—¡Que sean unas paletas
porque no se desconchinflan
al caer de la barriguita
de mi querida piñata!

Dulce has a great idea:
"Lollipops!
They won't get squishy-squashy
when they fall out
of my piñata's belly."

Así celebramos con una piñata,
el cumpleaños de mi hermana,
hasta que se rompe y de ella caen
paletas no desconchinfladas.

—Dale, dale, dale,
no pierdas el tino,
porque si lo pierdes,
pierdes el camino.

And that is how we celebrate
my sister's birthday with lollipops
that don't get squishy-squashy
when they fall out of the piñata.

"Hit, hit it, hit it
don't dare lose your aim,
because if you lose it,
you shall lose your way."

Dulce sopla siete velas
y partimos el pastel.
Recibe tantos regalos
que no sabe qué hacer.

Dulce blows out seven candles
and we cut the cake.
She gets so many presents
she does not know what to do.

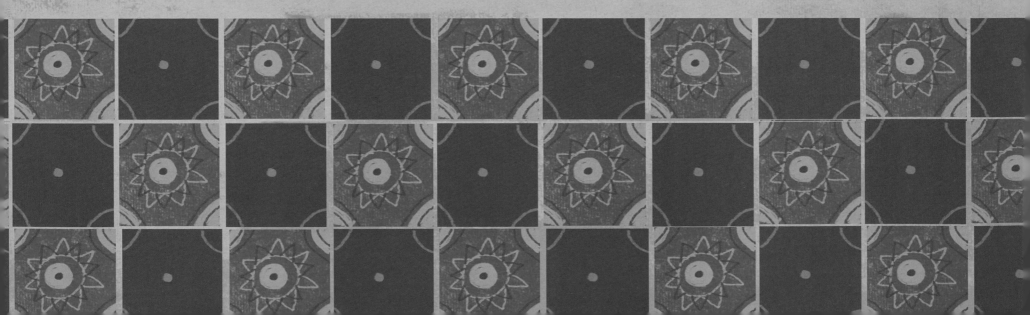

Ya la fiesta va a terminar,
Mamá da una sorpresa más
que a todos les va a alegrar:
¡bolsitas de dulces para llevar!

The party is about to end,
Mom has one more surprise
to everyone's delight:
bags with candy to take!

Adentro de las bolsitas
van de todos los sabores:
picoso, agrio y salado,
cremoso, dulce y amargo.

Inside the baggies
are all kinds of flavors:
spicy, tart and salty,
creamy, sweet and bitter.

Y así, niños y grandes,
todos juntos disfrutamos
la fiesta de cumpleaños
¡con los dulces mexicanos!

And so, young and old,
all together showed
how sweet parties can be
with different treats from Mexico.

Erika Said es poeta, narradora, ensayista e investigadora. Es autora de *iPoems: Poemas en Shuffle* (El Humo, Querétaro, 2013) y co-autora de *Fuego del aire* (Media Isla, 2015). Ha publicado cuentos, poemas y ensayos en revistas de México y Estados Unidos como *Revista de Literatura Mexicana Contemporánea* y *Círculo de Poesía*. Su obra está incluida en más de diez antologías, tales como *Lados B* (Nitro Press, 2018), *Viejas Brujas II* (Aquelarré Editoras, México DF 2017), *Along the River II* (VAO, McAllen, 2012) y *El infierno es una caricia* (Fidaura, México DF, 2011). Actualmente cursa un doctorado en Escritura Creativa en español en la Universidad de Houston.

Erika Said is a poet, storyteller, essayist and researcher. She is the author of *iPoems: Poemas en Shuffle* (El Humo, Querétaro, 2013) and co-author of *Fuego del aire* (Media Isla, 2015). She has published short stories, poems and essays in Mexican and US magazines such as *Revista de Literatura Mexicana Contemporánea* and *Círculo de Poesía*. Her writing has been included in more than ten anthologies, among them *Lados B* (Nitro Press, 2018), *Viejas Brujas II* (Aquelarre Editoras, México DF, 2017), *Along the River II* (VAO, McAllen, 2012) and *El infierno es una caricia* (Fidaura, Mexico DF, 2011). Currently, she is a Ph.D. student in the Creative Writing Program in Spanish at the University of Houston.

Claudia Navarro nació en la Ciudad de México y estudió Diseño Gráfico en la Escuela Nacional de Artes Plásticas de la UNAM. Su trabajo ha sido seleccionado en nueve ocasiones para el *Catálogo de Ilustradores de Publicaciones Infantiles y Juveniles* de la Dirección General de Publicaciones del Consejo Nacional para la Cultura y las Artes (DGP-Conaculta). También ha colaborado en los libros *La divina Catrina / Oh, Divine Catrina* (Piñata Books, 2020), *Kayapó, jíbaros y cashinahua* (Nostra Ediciones, 2014), *Quiero ser un héroe* (Nostra Ediciones, 2019), *El viejito del sillón* (Ediciones El Naranjo, 2016), *El velo de Helena* (Ediciones El Naranjo, 2019) y *La Frontera: El viaje con papá / My Journey with Papá* (Barefoot Books, 2018). Es autora de *El regalo* (Pearson Educación, 2013).

Claudia Navarro was born in Mexico City and studied graphic design in the National School of Arts at UNAM. Her work has been included nine times in the *Catálogo de Ilustradores de Publicaciones Infantiles y Juveniles* by the Dirección General de Publicaciones del Consejo Nacional para la Cultura y las Artes (DGP-Conaculta). Her books include *La divina Catrina / Oh, Divine Catrina* (Piñata Books, 2020), *Kayapó, jíbaros y cashinahua* (Nostra Ediciones, 2014), *Quiero ser un héroe* (Nostra Ediciones, 2019), *El viejito del sillón* (Ediciones El Naranjo, 2016), *El velo de Helena* (Ediciones El Naranjo, 2019) and *La Frontera: El viaje con papá / My Journey with Papá* (Barefoot Books, 2018). She is the author of *El regalo* (Pearson Educación, 2013).